Mouton noir et mer de sel

Personnages

Élément perturbateur : militant, revendicateur, égocentrique
Ami : aimable mais peu fiable
Mère : laxiste, fait beaucoup de préjugés
Professeur : gentil, mais suffisant, cherche ses mots, nerveux
Tyran : Personnage détestable
Fille : Déterminée mais craintive
Garçon : Triste et seul, agressif
Vendeur/se dans un magasin de vêtements
Vigile
Personnage racisé
Agresseur 1
Agresseur 2
élève 1
élève 2
Personnage 1
Personnage 2

Décors

salle de classe
cuisine
chambre
couloir d'un lycée (X3)
salle de réunion
Un magasin de vêtements
Entrée d'une galerie marchande

PROLOGUE

Scène sombre. Pas de décor. La totalité des personnages sont répartis sur scène.
ÉLÉMENT PERTURBATEUR *est en centre scène, face public, immobile. Il a la tête baissée. La musique se lance. Les personnages se déplacent dans l'espace théâtral. Ils n'ont pas de parcours défini. Ils se croisent sans faire attention les uns aux autres. Puis, les personnages se mettent à parler.*

PERSONNAGE 1

Femme, coréenne, polyamoureuse.

PERSONNAGE 2

Non binaire, suisse, asexuel.

PERSONNAGE 3

Homme, congolais, homosexuel.

PERSONNAGE 4

Homme transgenre, Irlandais, bisexuel.

PERSONNAGE 5
Femme, italienne, pansexuelle.

PERSONNAGE 6

Femme, allemande, hétérosexuelle.

La musique se coupe.
***ÉLÉMENT PERTURBATEUR** relève la tête,*
et regarde le public.

ÉLÉMENT PERTURBATEUR

Je suis un être humain.

Tous les personnages cessent leurs
déplacements et se retournent vers lui.

ÉLÉMENT PERTURBATEUR

Est ce que ça ne suffit pas ?

Tous les personnages reculent progressivement
*jusque dans les coulisses, sans quitter **EP** du*
regard.

ÉLÉMENT PERTURBATEUR
Dépité

Pourquoi ça ne suffit pas...

*La lumière s'éteint, **EP** quitte la scène.*

ACTE I

Scène 1

Salle de classe. Tous les comédiens sont présents. Ils sont installés à des bureaux, contenant affaires de cours (stylos, feuilles, PC portables...) **PROFESSEUR** *dicte.*

PROFESSEUR

Prenez une nouvelle page. Nous attaquons un nouveau chapitre d'éducation civique. Chapitre 3 : les inégalités sociales.

Les élèves prennent note. Varier l'attitude des élèves. Tous n'écrivent pas, certains sont plus concentrés que d'autres.

PROFESSEUR

Aujourd'hui, malgré une évolution croissante, et constante de la société, subsistent encore un bon nombre d'inégalités. Dans beaucoup d'entreprises, des femmes touchent un salaire moins élevé que les hommes à travail égal. Les personnes d'ethnies ou d'origine non européenne sont moins favorisées dans les entretiens d'embauche. Les couples homosexuels ne sont pas prioritaires lors des adoptions. Les personnes transgenres qui le souhaitent ont une prise en charge médicale très longue et dissuasive. Nous vivons dans ce que l'on appelle une société patriarcale.

TYRAN
Renifle avec dédain

Ben moi je pense que les minorités ont qu'à rester à leur place. Dans ce monde c'est la loi du plus fort. Et les plus nombreux sont les plus forts. Donc plutôt que de se plaindre d'être discriminés ils ont qu'à s'estimer heureux qu'on les tolère déjà.

ÉLÉMENT PERTURBATEUR
Lance à TYRAN au regard mauvais

Les autres élèves font mine de n'avoir rien entendu.

PROFESSEUR
Gêné

Oui mais je pense que nous devrions tous avoir le droit au bonheur...

TYRAN

Bah je suis pas d'accord. Faut juste reconnaître

que y a des races supérieures et des races inférieures. C'est comme ça. T'es une meuf ? Bah tu fais des gosses et tu t'occupe de la maison. T'es noir ou arabe ? Bah pas de chances t'avais qu'à rester dans ton pays ou naître ailleurs. T'es pédé ? *Lance un regard en coin à EP.* Bah soit tu sors avec le bon sexe soit tu te plains pas si tu t'en prends plein la gueule. T'es travelo ? Bah t'as qu'à accepter ton corps c'est tout.

Les élèves continuent de faire mine de ne rien entendre.
***PROFESSEUR** est extrêmement gêné et perd de sa contenance de seconde en seconde. **EP** est au bord de l'explosion.*

PROFESSEUR

Oui mais... Enfin peut-être que... C'est ta... Façon de voir les choses... Alors, il est de mon devoir de la respecter... Donc, recopiez ce qu'il y a marqué au tableau...

ÉLÉMENT PERTURBATEUR
Explose

Pardon ?! C'est une blague ? Vous avez conscience de ce qu'il vient de dire ?! Et vous dites rien !

TYRAN
*Se lève, empoigne **EP** par le col.*

T'as un problème avec la vérité pédale ?

ÉLÉMENT PERTURBATEUR
Dégage violemment la main de son agresseur.
Les deux se fixent d'un regard mauvais.

*Tous les élèves ont interrompu leur action pour observer les deux adversaires. La tension est palpable. **PROFESSEUR** perd complètement ses moyens.*

PROFESSEUR
D'une voix tremblante et mal assurée

Allons, allons... Il est inutile d'en venir aux mains... Asseyons-nous et respectons l'avis de chacun...

ÉLÉMENT PERTURBATEUR
Débordant de colère

Respecter son avis ?! Il respecte qui lui ?! Hein ?! C'est à cause de personnes comme lui que des minorités sont opprimées depuis des siècles ! Et vous, vous vous contentez de vous tasser et d'exiger de moi du respect envers ce déchet ?!

TYRAN
Froid

Fais gaffe comment tu me parle tafiole ou ça va mal finir pour toi.

PROFESSEUR
Au bord de la crise de panique, tremblant.

Ça suffit ! Le cours s'arrête ici. Tout le monde dehors, sauf toi !

__PROFESSEUR__ désigne __EP__ d'un doigt tremblant. __EP__, indigné, cherche du soutien dans le regard des autres. Ils détournent tous le regard. __TYRAN__ affiche un sourire goguenard. Les élèves rangent précipitamment leurs affaires et sortent sans dire un mot. __AMI__ lance un regard en coin à __EP__. Une fois que tous les élèves sont sortis, __TYRAN__ prend son sac sur une épaule, et bouscule __EP__ avec le même sourire narquois. Ce dernier tremble de rage.

PROFESSEUR
Se laisse tomber sur sa chaise, épuisé. S'éponge le front.

Ton attitude était inadmissible. Il va falloir reconsidérer ta manière de te compor...

ÉLÉMENT PERTURBATEUR
Se retourne vivement en direction de ***PROFESSEUR****. Lui coupe la parole.*

Quoi ?! Mais on nage en plein délire c'est pas possible ! Est ce que vous réalisez ce que vous dites !

PROFESSEUR
Semble récupérer un peu de contenance

Surveille le ton que tu utilises. Tu dois le respect à tes camarades de classe et ton attitude était déplacée...

ÉLÉMENT PERTURBATEUR
Frappe violemment sur le bureau de ***PROFESSEUR****. Emploie un ton très accusateur.*

Comment vous faites pour vous supporter ? Comment vous faites pour ne pas être mort de honte quand vous vous regardez dans un miroir ? Cet élève a, sous votre nez, contredit avec mépris toutes les valeurs que votre cours défend. Et au lieu de le remettre à sa place, vous vous en prenez à moi, qui ai pris le parti de tous les opprimés dont vous parlez ? Vous avez peur Professeur ? Peur d'un adolescent ? Il vous rappelle le garçon qui vous tapait à la récrée quand vous étiez plus jeune ? Vous vous êtes tellement conforté dans votre position de victime que vous la considérez comme acquise et cherchez à rabaisser tout le monde à votre niveau ? Et bien ça ne fonctionnera pas avec moi Professeur. J'ai vraiment pitié de vous.

*Au fur et à mesure du dialogue, **EP** se rapproche de plus en plus de **PROFESSEUR** tandis que celui s'écrase de plus en plus dans sa chaise.*

***EP** se redresse, attrape son sac et sort de la salle d'un pas vif sans se retourner.*

PROFESSEUR
Au bord des larmes. Sa voix s'éteint au fur et à mesure de la phrase.

Vous... Vous... Serez convoqués dans le bureau du proviseur... Pour votre attitude... Inadmissible...

Scène 2

Couloir 1 du lycée. Des élèves circulent furtivement allant d'un bout à l'autre de la

*scène. **TYRAN** est adossé contre un casier. Il
fixe du regard **FILLE** devant lui qui range et
prend des affaires dans son casier. **EP** se
dirige vers son casier encore sous le coup de
la colère de la scène avec **PROFESSEUR**. Il
ouvre son casier et il jette quelques livres. Il
est rejoint par **AMI**.*

AMI

Salut.

ÉLÉMENT PERTURBATEUR
Froid

Salut.

AMI
intrigué

ça va pas ?

ÉLÉMENT PERTURBATEUR
Sardonique. Claque la porte de son casier.

Non ça ne va pas. Mais de ton côté ça va t'as
pas fait trop de vagues pendant le cours hein tu
t'es pas trop risqué à me défendre ?

AMI

Un peu gêné

Non mais c'est pas contre toi... C'est juste qu'il faut éviter de s'embrouiller avec ce genre de types tu vois ?

ÉLÉMENT PERTURBATEUR
Sardonique, toujours

Mais bien sûr que je vois ! Notre amitié s'arrête où ta sécurité commence ! Maintenant va-t-en j'ai besoin d'air.

*EP bouscule **AMI** en passant. **AMI** ne bouge pas, coupable.*

TYRAN
*Se trouve derrière **FILLE**. Commence à lui caresser les hanches.*

FILLE se retourne brusquement et essaie de s'enfuir. TYRAN la retient en plaquant une main contre le casier. Elle essaie de se débattre. Ses yeux sont remplis de panique. Elle fait tomber un livre.

ÉLÉMENT PERTURBATEUR
*Remarque la scène. Commence à prendre son élan pour arrêter **TYRAN**, mais est retenu par **AMI** qui lui saisit le poignet. Il se retourne*

brusquement le regard assassin.

Lâche moi.

AMI
Apeuré, mais maintient sa prise

ÉLÉMENT PERTURBATEUR

Je ne le répéterai pas.

AMI
*Davantage paniqué, il ne lâche toutefois pas
sa prise*

Je te rends service...

ÉLÉMENT PERTURBATEUR
Glacial

Je ne veux pas de ton service. Lâche-moi.

*EP retire sa main violemment et repart à
l'assaut. AMI lui rattrape le bras.*

AMI
Terrifié

Écoute moi s'il te plaît. Tu vas avoir des
ennuis...

ÉLÉMENT PERTURBATEUR
Retire son bras encore plus violemment

Je m'en fiche ! Quelqu'un est en train de se faire agresser !!!

AMI
Voix tremblante, mais remplie de conviction

Fais-moi confiance ça n'en vaut pas la peine. Il va s'en prendre à toi, et quand il aura terminé, il va se venger davantage sur la fille. Tu ne lui rendrais pas service.

ÉLÉMENT PERTURBATEUR
Offusqué

Et alors je suis censé rester les bras croisés ?!

AMI
Honteux

C'est mieux oui...

ÉLÉMENT PERTURBATEUR
Méprisant

J'ai honte pour toi.

*Tout au long du dialogue, **FILLE** continuera*
de subir des attouchements.
***TYRAN** chuchote une menace à l'oreille de*
***FILLE** avant de la bousculer contre le casier*
*et de s'en aller. **FILLE** s'écroule assise contre*
le casier, en larmes.

ÉLÉMENT PERTURBATEUR
*Désolé. S'accroupit à côté de **FILLE***

Je suis vraiment désolé ne pas avoir pu
intervenir... Accompagne-moi on va en parler
au proviseur.

FILLE
Hoquets, refuse de bouger.

ÉLÉMENT PERTURBATEUR
Essaie de la lever par le bras

Allez lève-toi ne reste pas ici, tu vas recevoir
l'aide dont tu as besoin

FILLE
*Repousse le bras de **EP**.*

Laisse-moi... S'il te plaît...

ÉLÉMENT PERTURBATEUR
Grave, chagriné. Il se relève fermement.

Si tu as besoin d'aide viens me voir ou parles-
en avec le proviseur.

AMI
A observé toute la scène, d'un air convenu

Je te l'avais dit.

ÉLÉMENT PERTURBATEUR
Mauvais

Ne m'adresse pas la parole.

*EP Sort de scène, le pas vif et ferme. AMI
reste quelques instants les bras croisés, le
regard sur FILLE. Il soupire, secoue la tête et
quitte à son tour la scène. Seule FILLE
demeure sur scène, assise contre le casier, à
pleurer la tête entre les genoux.*

Scène 3

*Entrée d'un centre commercial. VIGILE se
tient à l'entrée, près des portes automatiques.
EP, l'air préoccupé, passe les portes sans
relever la tête. PERSONNAGE RACISE le
talonne de près, mais VIGILE l'intercepte.*

VIGILE

Bonjour monsieur/madame, puis-je voir le contenu de votre sac s'il vous plaît ?

PERSONNAGE RACISE
Agacé(e)

Pourquoi ?

VIGILE

C'est la procédure monsieur/madame.

PERSONNAGE RACISE
Outré(e)

Ah oui ? Et je peux savoir pourquoi vous n'avez pas fouillé le jeune homme, là ?

*Il/elle désigne le **EP**. Celui-ci s'arrête et assiste à la scène.*

VIGILE
Impassible

ça n'est pas nécessaire.

PERSONNAGE RACISE
Perd patience

Pourquoi ?

VIGILE

Je vous prie de me montrer le contenu de votre sac.

PERSONNAGE RACISE
Outré(e)

Je ne vous montrerai rien du tout tant que vous ne m'aurez pas donné de réelles raisons !

VIGILE
Se positionne devant les portes

Alors je regrette, vous ne pouvez pas entrer.

PERSONNAGE RACISE
Fou/Folle de rage
C'est scandaleux !

Un couple européen s'approche des portes du magasin en papotant. À leur approche, le vigile s'écarte et les laisse rentrer.

PERSONNAGE RACISE
Scandalisé(e)

Mais je rêve ! Et pourquoi vous les avez pas

fouillés eux !

VIGILE

La procédure ne l'exige pas.

PERSONNAGE RACISE
Fou/Folle de rage

Quelle procédure ?! Pourquoi tout le monde
peut passer sans être fouillé et pas moi !

Le vigile reste impassible.

PERSONNAGE RACISE
Amer

Ah ça y est j'ai compris. C'est ma couleur de
peau c'est ça ? Mes vêtements ? Cette peau qui
trahit mes origines et fait forcément de moi
un/e terroriste potentiel, mes châles et robes
orientales qui ne peuvent que traduire une
appartenance religieuse extrémiste pas vrai ?
Comment pourrais-je être comme vous, bons
citoyens européens orthodoxes ? Ce monde me
file la gerbe.

*PERSONNAGE RACISE tourne les talons et
sort de scène la mine outrée et dépitée. EP, qui
a assisté à toute la scène derrière, ressort du*

centre commercial, tout aussi scandalisé.

VIGILE
Souriant

Je vous souhaite une bonne journée et espère vous revoir bientôt !

ÉLÉMENT PERTURBATEUR
Sec

Pas moi.

<u>Scène 4</u>

*Magasin de vêtements. Montrer distinctement le rayon homme et le rayon femme. **EP** fouille dans des pantalons, l'air pensif mais contrarié. **GARÇON**, qui affiche une mine déçue après avoir essayé une veste une du rayon homme, s'en détourne et commence à fouiller au rayon femme. Deux agresseurs rentrent.*

AGRESSEUR 1
*Interpelle du coude **AGRESSEUR 2** et désigne **GARÇON***

***GARÇON** est dos public en train de fouiller dans des vêtements. **AGRESSEUR 2** bouscule* *violemment **GARÇON**. Il tombe par-terre.*

***VENDEUR/EUSE** se baisse discrètement
sous le comptoir.*

***EP**, qui a entendu le bruit de la chute, se
rapproche discrètement en se cachant derrière
des vêtements.*

AGRESSEUR 2

Alors tapette, tu cherches une jupe ?

GARÇON
*Tente de se relever, mais est ramené au sol par
AGRESSEUR 1.*

AGRESSEUR 1

Bouge pas pédale, on va t'en trouver une.

GARÇON
Se débat violemment

Laissez-moi !

AGRESSEUR 2
Arrache une jupe d'un cintre

Regarde, elle est pas jolie celle-là ? Elle te

plaît pas petit pédé ?

GARÇON
*Se débat toujours vigoureusement. Bafouille
au bord des larmes*

Pourquoi vous faites ça !

AGRESSEUR 1

Bah quoi, t'es bien au rayon des meufs non ?
On te donne juste un coup de main ! T'assume
pas d'être une tafiole ?

GARÇON
Terrifié

Je trouvais juste rien qui me plaisait !

AGRESSEUR 2
Mauvais

Pas de soucis.

AGRESSEUR 1
Resserre sa prise

AGRESSEUR 2
*Commence à retirer le pantalon de **GARÇON***

ÉLÉMENT PERTURBATEUR
*Surgit dans le dos de **AGRESSEUR 2** et tente de le maîtriser*

Foutez-lui la paix !

*__AGRESSEUR 2__ finit par reprendre l'ascendant et envoie **EP** au tapis*

AGRESSEUR 2

Maintenant reste à ta place si tu veux pas que je te démonte.

ÉLÉMENT PERTURBATEUR

Quelqu'un ! À l'aide !

AGRESSEUR 2
*Frappe **EP** à coup de pieds*

Ferme là toi !

ÉLÉMENT PERTURBATEUR
Se protège des coups

Faites quelque chose !

AGRESSEUR 2
*S'agenouille sur **EP** pour le frapper davantage*

Ferme là j'ai dit !

GARÇON
*Se libère de **AGRESSEUR 1** et détale en courant vers la sortie du magasin*

AGRESSEUR 2
Très contrarié

T'es content espèce de déchet !

*__AGRESSEUR 2__ se relève. **EP** est toujours au sol. **AGRESSEUR 2** fait signe à son partenaire de quitter le magasin. Quelques secondes, après qu'il soit parti, **EP** se relève, douloureux. **VENDEUR/SE** apparaît.*

VENDEUR/SE

Tout va bien ?

ÉLÉMENT PERTURBATEUR
Calme

Est ce que vous avez vu ce qu'il vient de se passer ?

VENDEUR/SE

Bredouille

Oui.

ÉLÉMENT PERTURBATEUR
Réprime sa colère

Et vous n'avez rien fait.

VENDEUR/SE
Honteux

Non.

ÉLÉMENT PERTURBATEUR
Le regard plein de reproches

Pourquoi ?

VENDEUR/SE
Confus

C'est que... Qu'est ce que j'aurais pu faire ? Ils étaient deux et...

***EP** ne le/la laisse pas finir. Il quitte le magasin prestement au bord des larmes.*

<u>Scène 5</u>

*Cuisine. **EP** et **MERE** sont attablés. Ils font profil au public. Chacun est à un bout à l'autre de la table. **EP** mange peu et lentement. Il affiche une mine contrariée. **MERE** le remarque.*

MERE
D'un ton assez convenu

Tout va bien ?

ÉLÉMENT PERTURBATEUR
Sans relever les yeux

Pas vraiment non.

Il s'écoule un silence relativement long où seuls fusent les bruits des couverts.

MERE

Qu'est ce qui ne va pas ?

ÉLÉMENT PERTURBATEUR

Ce monde.

MERE

Bah ça c'est pas nouveau. Mais on peut pas

changer le monde.

ÉLÉMENT PERTURBATEUR
Consterné

Justement si on peut ! Mais c'est parce que tout le monde raisonne comme toi que rien ne change jamais ! Vous partez toujours du principe que quelqu'un réglera tous les problèmes à votre place.

MERE
Vexée

Et qu'est ce que tu veux que j'y fasse aux problèmes du monde moi ? Je suis pas le bon Dieu !

ÉLÉMENT PERTURBATEUR
Ton plein de reproche

Il n'est pas nécessaire d'être Dieu pour protéger la victime d'une agression.

MERE

Je te l'accorde. Mais tu as vu des cas comme ça par ici ? Pas moi

ÉLÉMENT PERTURBATEUR

froid

J'ai été témoin de quatre agressions. Rien qu'aujourd'hui. Quatre situations qui auraient pu être évitées si quelqu'un était intervenu.

MERE
Dédaigneuse

Tu dois probablement exagérer, comme d'habitude.

ÉLÉMENT PERTURBATEUR
méprisant

Ah oui ? En cours d'éducation civique, un élève a insulté toutes les minorités. Quand je les ai défendues, il s'en est pris à moi.

MERE
Désintéressée

Personne ne t'a demandé de les défendre il me semble ? De toutes façons, c'est pas nouveau que tu aimes te faire remarquer.

ÉLÉMENT PERTURBATEUR

Une fille s'est faite agresser et toucher par ce même élève dans un couloir.

MERE
Convenue

Elle portait quoi ? Une jupe ? Non parce que si elle cherche aussi...

ÉLÉMENT PERTURBATEUR

Au centre commercial, un vigile a refusé l'entrée à une personne racisée sans fouille au préalable. Je n'ai pas été fouillé, ni le bon couple blanc qui a suivi.

MERE

Tu sais c'est normal il faut se méfier avec ces gens là.

ÉLÉMENT PERTURBATEUR
Amer

Dans un magasin de vêtements, un homme s'est fait violemment agresser parce qu'il regardait le rayon femme.

MERE
Amusée

Mais quelle idée aussi ! Un homme achète ses

vêtements au rayon homme et c'est tout ! C'est ce monde qui marche sur la tête.

ÉLÉMENT PERTURBATEUR
Bouillant de colère

Mais est ce que tu t'écoute parler ! Tu es en train de défendre tous les agresseurs ! Tu as conscience des séquelles que ça peut laisser sur les victimes ?!

MERE
Agacée

Surveille le ton que tu emploies avec moi. J'y suis pour rien moi dans ces histoires. T'avais qu'à les défendre.

ÉLÉMENT PERTURBATEUR

J'ai essayé ! Vigoureusement !

MERE
moqueuse

Bien entendu.

ÉLÉMENT PERTURBATEUR
Glacial

Je me fiche de savoir si tu me croies ou pas. Ni même de savoir ce que tu penses. Tu ne vaux pas mieux que les autres. J'ai pas besoin de vous de toutes façons.

EP se lève de table. Il range sa chaise précautionneusement, en adressant un sourire narquois et faux à **MERE***. EP sort de scène. Quelques instants suivants,* **MERE** *soupire et croise les bras.*

ACTE II

Scène 1

*Chambre. Scène sombre. **EP** est assis à son bureau.*

ÉLÉMENT PERTURBATEUR

Les choses changeront-elles jamais un jour ? *Se lève. Fait les cent pas. S'arrête devant sa fenêtre.* On vit dans un monde dit évolué, civilisé, et pourtant je suis témoin au quotidien d'une discrimination omniprésente. Est ce que c'est ça l'évolution ? Est ce qu'elle n'est réservée qu'à une élite ? Le beau monde contemporain de l'homme blanc valide hétéro cisgenre. Le rêve hein ? *Reprend sa marche devant le lit.* Après tout, les minorités, comme leur nom l'indique, ne sont que minoritaires ? On peut donc se permettre de les ignorer, de s'en prendre à eux ? Ils ne sont pas assez nombreux pour riposter de toutes façons. En attendant c'est nous qui prenons. *S'assoit sur le bord du lit.* Nous sommes des êtres humains, comme tout le monde. Nous avons des sentiments. Et les gens ne réalisent pas à quel point ce genre de choses peut détruire une vie. Et pourquoi les gens se comportent-ils comme ça ? À cause de la différence. Pourquoi personne ne voit que l'on est jamais enrichis que par la différence ? Que rien n'a jamais été accompli par des gens qui se sont contentés de suivre le mouvement ? *Se positionne en avant-scène. Regarde le public.* J'ai déjà entendu un dicton : vous riez parce que je suis différent, je ris parce que vous êtes tous les mêmes. J'ai de plus en plus de mal à rire.

<u>Scène 2</u>

Salle de classe. Les élèves sont installés et vaquent à diverses occupations.
PROFESSEUR *arrive en retard. Il porte des vêtements de deuil et affiche une mine dévastée*

PROFESSEUR

Bonjour à tous installez-vous. *Se rend à son bureau.* Aujourd'hui est un jour tragique. Hier aux alentours de 23h dans le quartier Ouest, un jeune homme homosexuel a trouvé la mort tabassé par deux individus non identifiés. Je propose que l'on fasse une minute de silence en l'occasion.

FILLE
Horrifiée

Mais c'est horrible !

GARCON
*Très silencieux, il a une mine pâle et semble
avoir du mal à respirer*

TYRAN
Désintéressé

Bah c'est bon c'est pas la peine d'en faire un
drame. Bah il est mort tant pis ça en fait de
moins.

FILLE
Agressive

Mais tu vas la fermer espèce de déchet !

PROFESSEUR
Décontenancé

Du calme... Peut-être que l'on peut se passer de
cette minute de silence après tout...

FILLE
Indignée

Mais bien sûr que non on peut pas s'en passer !

TYRAN

Moqueur

Bah oui allons-y, tu veux qu'on aille tous lui apporter des fleurs aussi ?

FILLE se précipite devant le bureau de
TYRAN. Elle perd un peu de sa contenance
quand il la fixe avec un regard de défi.

PROFESSEUR
Paniqué

Non arrêtez ! S'il vous plaît !

ÉLÉMENT PERTURBATEUR
Très calme

ça me dégoûte.

TYRAN
Goguenard

Tu parles de toi ?

ÉLÉMENT PERTURBATEUR

Ce monde me dégoûte. Dans son intégralité. L'agression, le meurtre, les réactions. Pourquoi monsieur vous précisez « jeune homme homosexuel » ? Est ce que c'est une manière de justifier l'agression peut-être ? Vous croyez

qu'une minute de silence va lui rendre la vie ?
Punir les agresseurs ? Soulager sa famille ?
Sûrement pas. C'est pas une minute de silence
qu'il faut faire. Au contraire c'est une minute
de bruit. Il faut crier, s'insurger, se battre. Se
taire ne résoudra rien. C'est la dernière fois que
je suis témoin de ce genre de violences.
Désormais je vais agir.

*__EP__ ramasse ses affaires et quitte calmement la
salle de classe sous les regards muets et
dubitatifs de la classe.*

Scène 3

*Chambre. __EP__ fouille, regarde sous le lit,
retourne les tiroirs. Il a posé sur le lit de
longues bandes de tissus qui ressemblent à des
banderoles, ainsi que quelques bouts de bois.
Il jette par-ci par là des feutres. Entre
timidement __MERE__ par l'embrasure de la
porte.*

MERE
Petite. Reste dans l'entrée.

Coucou... Tu as passé une bonne journée ?

EP l'ignore et continue son affaire.

MERE
Gênée. Se prépare à entrer.

Je ne te dérange pas au moins ?

EP continue de l'ignorer

MERE
Coupable

Écoute à propos de l'autre soir... Je voulais te présenter mes excuses... Je ne t'ai pas vraiment défendu, et je t'ai beaucoup contrarié.

EP s'interrompt
ÉLÉMENT PERTURBATEUR
Neutre

J'accepte tes excuses.

EP reprend son affaire

MERE
Petit sourire gêné. S'asseoit.

Dis-moi qu'est ce que tu fais ?

ÉLÉMENT PERTURBATEUR
Froid

Rien.

MERE
Essaie d'adopter un ton détaché

ça ne ressemble pas à rien ce que tu fais pourtant.

ÉLÉMENT PERTURBATEUR
Exaspéré
Tu veux vraiment savoir ?

MERE
Résolue

Bien sûr !

ÉLÉMENT PERTURBATEUR

Aujourd'hui, j'ai assisté à la fois de trop. Un homosexuel s'est fait tabasser à mort hier soir en banlieue. Je vais créer une association au lycée pour lutter contre la discrimination et le harcèlement.

MERE
Fausse

C'est terrible ! Mais tu sais, quels que soient tes choix de vie, je ne laisserai personne s'en prendre à toi parce que tu veux aimer les garçons !

ÉLÉMENT PERTURBATEUR
Amer

Combien de fois je t'ai répété que ça n'est pas un choix !

MERE
Agacée. Se lève.

Même quand j'essaie de faire des efforts tu n'es jamais content !

ÉLÉMENT PERTURBATEUR
Reprend son calme

ça ne fait rien.

MERE
Croise les bras.

Et tu penses vraiment que ton idée va fonctionner ?

ÉLÉMENT PERTURBATEUR

Je l'espère.

MERE

Et concrètement, ça va servir à quoi ?

ÉLÉMENT PERTURBATEUR

à faire réagir les gens.

MERE

Je pense pas que ça les touche.

ÉLÉMENT PERTURBATEUR

Pense ce que tu veux.

MERE

Non mais je dis ça pour ton bien moi !
Réfléchis, qu'est ce que la ville aurait à faire de
quelques gamins qui crient ?

ÉLÉMENT PERTURBATEUR

Je ne m'attends pas à ce que tu comprennes.

MERE
Vexée

Je commence à en avoir plus que marre de tes
airs supérieurs ! Arrête de me parler comme à

une demeurée incapable de comprendre ce que tu dis ! Quand tu décides de faire partie d'une minorité ben tu t'en prends plein la tronche c'est comme ça faut t'y faire ! Et c'est pas ton défilé de majorettes avec tes travelos et tes pédés qui vont y changer quoique ce soit !

EP s'interrompt brusquement.

ÉLÉMENT PERTURBATEUR
Blessé

Tu ne t'étais jamais permise de m'appeler pédé... Tu es ma mère. Tu es supposée me soutenir. Et toi tu es toujours en train de me démolir et de m'empêcher d'être heureux ! T'es qu'une idiote, égoïste, qui ne voit pas plus loin que le bout de son nez ! *Tourne le* dos. Je me moque de ton avis ! Je me moque de tes principes ! Ne me parle plus jamais ! T'es rien pour moi ! Fous-moi la paix !

MERE semble profondément blessée à son tour. Elle paraît vouloir répliquer, puis se ravise et sort d'un pas vif de la chambre. EP laisse s'écouler un moment de silence où il se retient de pleurer. Il sèche une larme avec sa manche et se remet au travail.

Scène 4

*Salle de classe. **PROFESSEUR** est occupé à corriger des copies. Entre **EP**. **PROFESSEUR** fait mine de ne pas le voir.*

ÉLÉMENT PERTURBATEUR
Résolu

Monsieur, j'ai à vous parler.

***PROFESSEUR** continue son activité, non sans une certaine nervosité, il semble tendu.*

ÉLÉMENT PERTURBATEUR

Je sais que vous m'avez entendu et que vous le vouliez ou non vous allez m'écouter.

PROFESSEUR
D'un faux sourire gêné

Que puis-je faire pour toi ?

ÉLÉMENT PERTURBATEUR

J'ai besoin de votre accord pour mener un projet.

PROFESSEUR
Toujours de son faux sourire gêné

Bien entendu. Dans quelle matière ?

ÉLÉMENT PERTURBATEUR

Justement... Il s'agit d'un projet extrascolaire.
Et j'ai besoin de votre accord en tant que
professeur principal.

PROFESSEUR
Fait mine de s'y intéresser

Bien sûr, bien sûr ! Tu veux ouvrir un club de
sports ? D'échecs ? De lecture ?

ÉLÉMENT PERTURBATEUR

Je veux créer une association de lutte contre
les discriminations et le harcèlement à l'échelle
du lycée.

PROFESSEUR *étouffe un cri et laisse tomber
son stylo sous la table. Il le ramasse et se
redresse à grande vitesse.*

PROFESSEUR
Complètement paniqué

Mais enfin tu n'y pense pas !

ÉLÉMENT PERTURBATEUR
Passablement agacé

Si. Où est le problème ?

PROFESSEUR
D'un air faussement convenu

Et bien c'est un très gros projet ! Il faut du temps, des ressources...

ÉLÉMENT PERTURBATEUR

Je prendrai tout en charge. J'organiserai ça sur mon temps libre et je fournirai tout le matériel requis. J'ai seulement besoin de votre accord et d'une salle de prêt.

PROFESSEUR
Bafouille

Oui... Mais... Ce n'est pas si simple tu comprends... Tu ne peux pas simplement ouvrir un club comme ça en un claquement de doigts... Il y a des procédures, des... Des... Contraintes...

ÉLÉMENT PERTURBATEUR

Je les accepte.

PROFESSEUR
S'emporte

Ne fais pas l'enfant ! Ton projet n'aboutira à rien de toutes façons ! Tiens, tu n'as qu'à ouvrir un club de théâtre par exemple... Je te fais ça sur le champ...

ÉLÉMENT PERTURBATEUR
Froid, mais en colère. Il frappe sur le bureau du professeur

Je me moque de votre club de théâtre. C'est entendu ? Alors prenez ce stylo et signez votre accord.

PROFESSEUR
Il exprime une grande panique, comme un enfant apeuré

Je fais ça pour ton bien... Tu n'as pas idée de tout ce qui risque de t'arriver... J'étais comme toi quand j'étais élève... J'ai subi du harcèlement, je me suis fait insulter, agresser et comme toi j'ai essayé de m'en sortir, de "lutter" contre l'oppression comme on dit... Mais tout ce qui en a abouti, c'est de faire redoubler les brutes de violence... Et puis il y a eu ce jour où... Où...

Il ne termine pas sa phrase. Il semble ravaler ses larmes.

ÉLÉMENT PERTURBATEUR
D'une profonde compassion

Monsieur, si je veux créer ce mouvement, c'est pour ne plus jamais voir un homme adulte comme vous, encore traumatisé par le harcèlement qu'il a subi durant sa scolarité. Vous avez essayé, et vous avez échoué. Mais tout s'est-il toujours accompli du premier coup ? J'ai les épaules solides, et je suis prêt à m'investir dans ce projet.

PROFESSEUR ne répond pas. Il a la tête entre les mains, et ne bouge pas.

ÉLÉMENT PERTURBATEUR

Je serai celui qui enclenchera le mécanisme. De mon initiative, de plus en plus d'élèves vont reprendre confiance en eux, et créer un véritable mouvement de solidarité entre victimes. Je vais mettre fin au harcèlement dans ce lycée !

PROFESSEUR
Grave. Signe pendant qu'il parle

J'espère sincèrement que tu as raison. Je ne vais pas te mentir, je ne crois pas en ton projet. Trop de tentatives ont déjà échoué auparavant. Mais ta résolution me laisse entendre que tu ne partiras pas d'ici avant d'avoir obtenu ce que tu veux. Alors prends ta feuille, et bonne chance. Apporte là au CPE pour avoir une salle.

__EP__ s'empare de la feuille d'un geste vif. Il incline poliment la tête en signe de remerciement. Il sort. __PROFESSEUR__ reste un instant à regarder dans le vide, soupirant.

PROFESSEUR
Déplorant

J'espère seulement que ce jeune idéaliste retombera sur ses pattes, lui...

Scène 5

Couloir 3. __EP__ se trouve dos public, face à une grille d'exposition. Il placarde une affiche. On peut y lire : "Êtes-vous terrifié chaque fois que vous passez les portes du lycée ? Vous n'osez pas être vous-même de peur que l'on s'en prenne à vous ? Plus maintenant. Ouverture prochaine de l'Association de Lutte Contre la Discrimination et le Harcèlement (ALCDH). Si vous êtes intéressés, ajoutez simplement *votre nom et prénom en bas de la liste. Pour plus d'informations, contactez : ALCDH@gmail.com ou 06 ** ** ** **.*

AMI
*Entre **AMI**. Sur le ton de la conversation*

Salut ! Qu'est ce que tu fais de beau ?

ÉLÉMENT PERTURBATEUR
Encore un peu amer (cf. Acte I Scène 2)

Je plante des betteraves.

AMI
*N'a pas remarqué l'amerture de **EP***

Pff... Et en vrai ?

ÉLÉMENT PERTURBATEUR

Je programme l'ouverture de mon nouveau club, ou association, je préfère, qui a pour objet de lutter contre la discrimination à l'échelle du lycée.

AMI
Léger

Pourquoi faire ?

ÉLÉMENT PERTURBATEUR
Agacé

Tu m'écoute quand je parle ?

AMI

Oui, oui, bien sûr ! Mais l'objectif de ma
question ce serait plutôt: est ce que y en a
vraiment besoin ?

ÉLÉMENT PERTURBATEUR
Froid

T'as même pas idée.

AMI

Ma foi si tu le dis ! Enfin en tout cas ça a l'air
sympa ton truc je veux bien rejoindre ! Ça se
passe quand ?

ÉLÉMENT PERTURBATEUR
Réprime sa colère. Marmonne

Mais quel crétin celui-là.

AMI

Tu disais ?

ÉLÉMENT PERTURBATEUR

Je disais, ajoute ton nom en bas de la liste. Je te recontacterai quand j'aurai suffisamment de membres.

AMI

ça marche !

EP s'appuie contre un casier.
*Entre **FILLE**. Discrètement, rapidement, elle se dirige jusqu'à la porte et saisit un stylo dans son sac. Sur le point d'écrire, elle se ravise et tourne les talons.*

ÉLÉMENT PERTURBATEUR
Timidement

Hey! Mon projet t'intéresse ?

FILLE
Sursaute. Timide

Oui.

ÉLÉMENT PERTURBATEUR
Un peu gêné mais souriant

ben tu peux ajouter ton nom au bas de la liste !

FILLE
Écrit son nom sur la liste, en lançant des regards furtifs autour d'elle. S'appuie contre un casier, les bras serrés sur un livre.

Dis, tu penses que ça va vraiment marcher ?

ÉLÉMENT PERTURBATEUR
Sincère

Oui j'y crois.

FILLE

Et si ça ne marche pas ?

ÉLÉMENT PERTURBATEUR

Alors on aura le mérite d'avoir essayé et de s'être battus.

FILLE

Je ne mets pas ta parole en doute, mais c'est difficile de se dire ça quand on se fait harceler...

ÉLÉMENT PERTURBATEUR

Je sais, crois-moi...

FILLE

J'ai peur... J'ai tellement peur comme tu l'as écris dès que je passe les portes du lycée... Je n'ose pas m'habiller comme je veux... Si je porte des vêtements jugés "aguicheurs", on considérera juste normal de s'en prendre à moi tu comprends ?

ÉLÉMENT PERTURBATEUR

Oui je comprends ce que tu veux dire. C'est pour ça qu'au sein de ce projet, je promets qu'on va changer les choses.

FILLE
Sourit timidement

J'attends des nouvelles alors.

ÉLÉMENT PERTURBATEUR
Sourit

Tu seras la première informée.

FILLE sort.
Entre GARÇON.
Il traverse le couloir, et remarque la feuille. Il

*s'arrête, retourne sur ses pas et la lit. Il
semble réfléchir.*

ÉLÉMENT PERTURBATEUR

Intéressé ?

GARÇON

C'est ton idée ?

ÉLÉMENT PERTURBATEUR

Exact.

GARÇON

Et tu y crois vraiment ?

ÉLÉMENT PERTURBATEUR

Vraiment oui.

GARÇON

Je t'admire tu sais ?

ÉLÉMENT PERTURBATEUR
Surpris

Pardon ? Pourquoi ?

GARÇON

Tu as cette espèce de force que je t'envie. Cet instinct qui te pousse à t'insurger contre les injustices là où beaucoup se taisent. Tu n'as pas peur d'agir, malgré les risques que tu encours. Et surtout, tu t'assume...

ÉLÉMENT PERTURBATEUR
Semble blessé en pensant à un souvenir.

Ça n'a pas été facile tu sais. Tout le monde s'imagine en me voyant que je suis né avec une grande gueule mais ça a pas toujours été comme ça. Ça a été très difficile de m'assumer. C'est juste qu'un jour j'ai eu un déclic. Je me suis juste levé un matin en me disant que c'était terminé. Je serai comme je suis. Je ferai ce que j'ai envie de faire. Personne n'a à me dire comment vivre ma vie.

GARÇON
Admiratif

Tu as raison.

ÉLÉMENT PERTURBATEUR

Mais comme je te l'ai dit ça a été très dur. Je n'avais personne pour me soutenir ou me montrer la voie à suivre. Et par conséquent aujourd'hui j'offre aux autres cette chance que je n'ai pas eue.

GARÇON
*Tendre. Il pose sa main sur l'épaule de **EP**.*

Tu es quelqu'un de bien. Je crois en ton projet. J'en suis !

***GARÇON** sort. **EP** laisse s'écouler un instant, béat. Il pose sa main sur l'épaule que **GARÇON** a touché. Il sourit.*

Scène 6

*Salle de réunion. **EP** dispose la dernière chaise. Entrent **AMI**, **GARCON**, **FILLE**, **PERSONNAGE 1** et **PERSONNAGE 2**.*

ÉLÉMENT PERTURBATEUR

Bon ! Bienvenue à tous. Est ce que vous savez tous exactement ce que vous faites là ?

Les personnages se lancent des regards perdus.

ÉLÉMENT PERTURBATEUR
Circule derrière les chaises

Très bien. Je vous explique. Je n'en peux simplement plus de voir quotidiennement dans ce lycée (et ailleurs), un si grand nombre d'agressions physiques ou morales à caractère discriminatoire. J'ai donc décidé de créer une association de lutte, qui organisera des événements et interventions de sensibilisation.

AMI
Beaucoup trop enthousiaste

Ça a l'air super amusant !

*Tous se retournent, et fixent **AMI** d'un air scandalisé.*

AMI

Non ?

ÉLÉMENT PERTURBATEUR
Soupire

Merci pour cette remarque très pertinente. Sinon, est ce que vous avez des questions ?

FILLE

Heu, est ce qu'on a besoin d'apporter des choses ?

ÉLÉMENT PERTURBATEUR

Comment ça ?

FILLE
Gênée

Ben je sais pas moi... Genre des trucs, du matériel...

ÉLÉMENT PERTURBATEUR

Alors, vous pouvez, c'est même bienvenu mais si vous ne pouvez pas je m'occupe de tout. Autre chose ?

GARÇON
à quelle fréquence on se verra ?

ÉLÉMENT PERTURBATEUR

Alors ça dépend. Il n'y aura pas d'horaires forcément fixes, ce sera en fonction des dispositions de chacun. Au début forcément on va se voir beaucoup histoire de tout mettre en place.

PERSONNAGE 2

C'est quoi « tout » ?

ÉLÉMENT PERTURBATEUR

Ça regroupe pas mal de choses. Déjà, élémentaire, il nous faut distribuer et placarder des affiches. Il faut que l'on soit reconnus à l'échelle la plus large possible. Ensuite, organiser des interventions dans les classes, pour sensibiliser les gens à notre cause. Enfin, nous ferons aussi office de refuge pour les victimes.

PERSONNAGE 2
Sceptique

Et tu crois qu'on va réussir à faire tout ça ?

ÉLÉMENT PERTURBATEUR

Avec de la volonté oui.

PERSONNAGE 2

Et t'es sûr que c'est bien officiel cette affaire ? T'es passé par qui ?

ÉLÉMENT PERTURBATEUR

Alors si par officiel, tu entends que le proviseur est au courant, et bien pas encore. Je suis passé par le professeur principal. Mais...

PERSONNAGE 2
Coupe EP

Et tu penses pas qu'il faudrait lui dire ?

ÉLÉMENT PERTURBATEUR
Légèrement agacé

Chaque chose en son temps.

PERSONNAGE 1

Et du coup globalement on fait quoi ?

ÉLÉMENT PERTURBATEUR

Aujourd'hui rien. On fait juste le point. Histoire de mettre les choses au clair.

PERSONNAGE 1

Bah c'est fait là non ?

ÉLÉMENT PERTURBATEUR

Je m'attendais à ce que vous posiez plus de questions, mais je peux déjà demander à chacun d'entre vous ce que vous attendez de ce projet ? On va faire le tour.

EP Désigne *AMI*

AMI
Surpris

Ah ? Euh bah... J'aime bien... Faire partie d'un truc... Et... Bah c'est nouveau et j'essaie donc... Voilà ?

ÉLÉMENT PERTURBATEUR
se frotte les yeux avec sa main en soupirant

Suivant.

FILLE
Stressée

Heu... Alors moi, si je suis là c'est parce que... Je veux me défendre. Je me fais trop souvent agresser que ce soit par les mots ou par les actes et je n'en peux plus. Je veux me donner les moyens de m'opposer à ce genre de comportements et aussi les donner aux autres pour les protéger de ce qui m'arrive !

GARÇON
D'un air maladroitement assuré

Je rejoins son avis. Je veux protéger les autres de la violence et du harcèlement. Tout le monde devrait avoir le droit d'être soi-même.

PERSONNAGE 2

Je suis contre la discrimination

PERSONNAGE 1

Je veux bâtir quelque chose pour protéger mon petit frère qui rentre au lycée l'an prochain. Il se fait déjà harceler au collège.

ÉLÉMENT PERTURBATEUR
Satisfait

Bon ! Ça m'a l'air pas mal tout ça ! Je pense qu'on peut s'en tenir ici ! Donc, pour la prochaine fois, voici une pile de prospectus que j'ai fait imprimer. Il y en a 30. Prenez-en quelques-uns et distribuez les autour de vous. Je vais aller prévenir le proviseur de notre projet, et demander l'autorisation aux professeurs pour intervenir pendant leurs cours. Ça vous va ?

Les personnages acquiescent mollement

ÉLÉMENT PERTURBATEUR

Parfait ! À la prochaine alors !

*Ils quittent tous la salle sans enthousiasme en emportant quelques prospectus. **EP** semble ne pas l'avoir remarqué. Il affiche un air de triomphe.*

ACTE III

Scène 1

FILLE

Traverse le couloir d'un pas maladroit et pressé. Elle regarde régulièrement derrière elle. Elle est habillée d'un débardeur et d'une jupe courte.

*Entre **TYRAN**. Il affiche un sourire mauvais. Alors que **FILLE** regardait derrière elle, elle se heurte à lui.*

TYRAN
Mauvais

Ben alors ? On est pressés ?

FILLE
Terrifiée

Non !

TYRAN

Ah vraiment ? J'ai pourtant l'impression que tu m'évite depuis cette autre fois tu te souviens ?

FILLE
Prend un air détaché très mal joué

Non je ne vois pas de quoi tu parles.

TYRAN se rapproche doucement de FILLE
qui recule contre un casier. Quand celle-ci ne
peut plus reculer, elle détourne la tête en
fermant les yeux.
TYRAN
Frappe violemment sa main contre la casier.
FILLE tressaille.
Hurle

Arrête de te foutre de moi ! T'as cru que t'allais pouvoir t'en sortir comme ça ! Que tu pouvais me parler comme un chien à cause de ton club bidon ! Tu crois que ça te protège ? Que tu es invincible ? Mais ouvre les yeux pauvre crétine ! Ton truc ne sert à rien. Tout le monde s'en fout. Tout le monde se moque de vous. Et toi, avec tes airs supérieurs tu m'as pris de haut. Tu te souviens de ce que tu m'as dit ? *Prend une voix ridicule.* « Je ne suis pas à ta disposition. Va voir ailleurs si j'y suis ».

FILLE
Pleure en réprimant ses sanglots

Non... Je ne suis pas à ta disposition..

TYRAN

Amusé

Ah tu prends ce parti là? Tu continues de me tenir tête ? Tu te penses en position de force ici ?

FILLE
*Rassemble son courage. Regarde **TYRAN** dans les yeux*

Je ne suis pas un objet. Maintenant va-t-en et laisse moi tranquille !

TYRAN
Grave
*Il saisit **FILLE** par la mâchoire*

Écoute-moi bien petite traînée, je fais de toi ce que je veux. Et en plus tu vas la fermer sinon je t'ouvre en deux. T'as compris ?

FILLE
Terrifiée mais silencieuse

TYRAN
Hurle

T'as compris !

FILLE

Fond en larmes

TYRAN

Je prends ça pour un oui.

> ***TYRAN*** *lui lâche violemment la mâchoire.*
> ***TYRAN*** *sort.* ***FILLE*** *reste tétanisée.*

Scène 2

> *Couloir 2. Entre* ***GARÇON****. Son pas est*
> *mesuré et il semble renfrogné. Discutent*
> ***ÉLÈVE 1*** *et* ***ÉLÈVE 2*** *contre des casiers. Ils*
> *se posent en barrage devant* ***GARÇON****.*

GARÇON
Poursuit son chemin en faisant mine de ne pas
les remarquer.

ÉLÈVE 1
Arrête brutalement ***GARÇON*** *de la paume de*
la main.

GARÇON
Continue sa route la mine renfrognée

ÉLÈVE 1
Saisit ***GARÇON*** *par l'épaule*

ÉLÈVE 1
Mauvais

Tu vas où comme ça ?

ELEVE 2 *passe discrètement derrière* GARCON.

GARÇON
Glacial

Dégage.

ÉLÈVE 1

Sinon quoi ?

GARÇON
Menaçant

Retire ta main.

ÉLÈVE 3

Sinon quoi ? Tapette !

GARÇON
Lâche son sac. Saisit la main de ÉLÈVE 1 et lui tord brutalement le poignet

ÉLÈVE 1
Crie de douleur

Ah ! Tu vas voir toi !

*ÉLÈVE 2 prend **GARÇON** en étranglement.
ÉLÈVE 1 s'avance pour frapper **GARÇON**
dans le ventre, mais celui-ci réplique par un
coup de pied.*

ÉLÈVE 2
*à l'oreille de **GARÇON***

On est deux. Tu vas pas durer longtemps.

*ÉLÈVE 2 met **GARÇON** à terre. Il se fait
rouer de coups par **ELEVE 1** tandis que
ELEVE 2 essaie de lui maintenir les jambes.
GARÇON peine tant bien que mal à se
protéger.*

ÉLÈVE 2
Triomphant
*Continue de frapper **GARCON***

Alors ? Ça fait moins le fier là hein ? Elle est
où ta connerie de lutte pour te protéger là ?

GARÇON
Fou de rage

Crève !

ÉLÈVE 2

Y a de l'idée. Mais t'es plus en position de crever que moi. Tu me dégoûtes. Toi comme toutes les pédales. Vous êtes des erreurs de la nature et vous méritez pas de vivre.

GARÇON
Incontrôlable

C'est les pourritures comme toi qui méritent pas de vivre ! Fous-moi la paix et laisse-moi vivre comme je veux bordel !

ÉLÈVE 2
Dédaigneux

Non.

*Il assène un violent coup dans l'estomac de **GARÇON**. Il se fait couper le souffle.*

ÉLÈVE 1
Jette des regards furtifs autour de lui

Bon on se taille avant que quelqu'un débarque.

***ÉLÈVE 1 et ÉLÈVE 2** s'écartent de*

__GARÇON__ et sortent au pas de course, en jetant régulièrement des regards derrière eux. __GARÇON__ respire très bruyamment. Il peine à se mettre assis contre un casier et essaie de respirer profondément. Il ferme les yeux. Au bout de quelques instants il finit par prendre ses genoux entre ses bras et à sangloter.

<u>Scène 3</u>

Salle de réunion. Sont présents : __FILLE__, __GARÇON__, __AMI__, et __PERSONNAGE 1__

__FILLE__ tripote nerveusement un élastique tout le long de la scène.

ÉLÉMENT PERTURBATEUR
Entre

Bon. La dernière réunion remonte à deux semaines. Il serait temps de débriefer.

__EP__ s'assoit et lance des regards insistants aux autres. Personne ne parle.

ÉLÉMENT PERTURBATEUR
Sarcastique

Ne répondez pas tous en même temps.

Ils restent silencieux et évitent le regard de EP.

ÉLÉMENT PERTURBATEUR
Légèrement agacé

Bon. Très bien. Je vous informe que le garçon/la fille de la dernière fois ne viendra plus, il/elle a quitté le projet. *Montre la chaise vide.* Il/elle ne m'a pas vraiment donné de raison mais bon c'est son choix après tout. On va faire un tour. Toi, *Il désigne AMI.* Donc, où ça en est ? Combien de prospectus tu as distribués, et est ce que tu as intéressé quelqu'un à notre cause ?

AMI
Évasif mais embarrassé

Ah ! Ça ! Heu... Oui oui ça vient.

ÉLÉMENT PERTURBATEUR
Arque un sourcil

Mais encore ?

AMI
Ment de manière évidente

J'ai distribué une grande quantité de prospectus et y a plein de gens qui ont l'air super emballés !

ÉLÉMENT PERTURBATEUR
Ne relève pas

Formidable. Ensuite ? *Il désigne **GARÇON**.*

GARÇON
A l'air très fatigué. Essaie de prendre un air détaché.

J'ai pas réussi à toucher beaucoup de monde encore mais ça va venir j'en suis persuadé !

ÉLÉMENT PERTURBATEUR
Souriant

J'aime cette façon de penser ! Après ? *Il désigne **FILLE**.*

FILLE
Elle a l'air de se retenir de pleurer, sa voix est tremblante. Essaie de le cacher avec un faux sourire.

Je sens que ça va venir ! Les intéressés vont bientôt nous recontacter !

ÉLÉMENT PERTURBATEUR
Satisfait

Je le crois aussi ! Et enfin ? *Il désigne*
PERSONNAGE 1.

PERSONNAGE 1
Visiblement gêné mais prend un air détaché

Je suis désolé, j'ai pas vraiment eu le temps...

ÉLÉMENT PERTURBATEUR
Très enjoué

Ne t'inquiète pas c'est pas grave. Parce que j'ai
préparé quelque chose qui va nous faire
connaître !

*Tous les personnages à l'exception de **EP** se
lancent des regards tendus.*

ÉLÉMENT PERTURBATEUR

Donc, j'ai parlé au proviseur de notre projet et
je lui ai demandé l'autorisation de créer notre
première intervention. Ce qu'il a accepté ! Elle
prendra place dans deux semaines !

*Tous les personnages à l'exception de **EP** ont
l'air de se décomposer lentement.*

ÉLÉMENT PERTURBATEUR

Fou de joie

C'est pas génial !

AMI
Crispé

Ah c'est réellement formidable !

ÉLÉMENT PERTURBATEUR

Je peux compter sur votre présence à tous bien entendu ?

*Tous les personnages à l'exception de **EP** hochent la tête, embarrassés.*

ÉLÉMENT PERTURBATEUR
Souriant

Bon ! C'est parfait tout ça ! Je vous tiens au courant du lieu et de l'heure de rendez-vous par mail ! À dans deux semaines alors !

*Tous les personnages à l'exception de **EP** quittent précipitamment la salle/scène. Ils se lancent des regards inquiets.*

Scène 4

*Chambre. **EP** a l'air très enjoué tandis qu'il griffonne sur des feuilles à son bureau Entre **MÈRE**.*

MÈRE
Résolue

J''aimerais te parler.

ÉLÉMENT PERTURBATEUR
Enthousiaste

Oui bien sûr !

MÈRE
Surprise

Par rapport à la dernière fois...

ÉLÉMENT PERTURBATEUR

Ne t'inquiète pas c'est oublié ! Il m'arrive d'être agressif des fois je le reconnais.

MÈRE
Décontenancée

Ah... Heu... Bah... Oui ?

***EP** continue sa petite préparation.
MERE circule dans la pièce en faisant un peu*

de rangement (pliage de vêtements, repasser les draps...)

MÈRE
Toujours un peu gênée

Et heu... Ton projet ça avance ?

ÉLÉMENT PERTURBATEUR

Oui ! Plus de membres vont bientôt arriver et on va organiser notre première intervention dans deux semaines !

MÈRE
Feint l'enthousiasme

C'est... Super ça ! Tu comptes recruter plus de membres comme ça ?

ÉLÉMENT PERTURBATEUR
Interrompt ses manipulations
Se tourne vers MERE

Pas seulement. C'est un bon moyen de recruter plus de membres, mais c'est surtout un avertissement. On va enfin montrer aux agresseurs que désormais on se bat. Qu'ils ont plus de pouvoir.

MÈRE
Inquiète

Ce n'est pas risqué ? Je veux dire, et si au contraire ces « agresseurs » redoublent d'efforts ?

ÉLÉMENT PERTURBATEUR
Léger

Alors nous aussi nous redoubleront les nôtres tout simplement !

MÈRE
Peu convaincue

J'espère que tu as raison... Fais attention en tout cas.

ÉLÉMENT PERTURBATEUR

Pas de problèmes ! Je me sens invincible ces temps-ci !

MÈRE
Pour elle

Mais tu ne l'es pas...

ÉLÉMENT PERTURBATEUR

Tu disais ?

MÈRE

Non rien je disais que l'on va bientôt manger, descends dans la cuisine quand tu auras rangé ton bazar.

ÉLÉMENT PERTURBATEUR

Ça marche !

MÈRE
Monte en avant-scène, s'adresse au public.

J'espère vraiment qu'il réalise ce qu'il fait et que je ne suis pas en train de le laisser faire une énorme bêtise...

MÈRE sort de la scène.

Scène 5

Décor vide

ÉLÉMENT PERTURBATEUR
Tape régulièrement du pied, et consulte son téléphone toutes les 30 secondes. Il a l'air très agacé.

ÉLÉMENT PERTURBATEUR
Soupire très bruyamment

Bon !

ÉLÉMENT PERTURBATEUR
Sort son téléphone et le pose contre son oreille. Il attend quelques secondes.

Oui, c'est encore moi. Je n'ai toujours pas de réponse de votre part. J'espère que vous avez pas oublié que c'est aujourd'hui ! J'ai pourtant été clair par mail ! Bref, je vous attends, dépêchez vous.

EP raccroche avec amertume et se remet à faire les 100 pas.

ÉLÉMENT PERTURBATEUR
Soupire très bruyamment

ÉLÉMENT PERTURBATEUR
Regarde au loin. Soupire.

Génial. Voilà les classes qui arrivent... Bon, tant pis je vais me débrouiller seul.

ÉLÉMENT PERTURBATEUR
Attend quelques secondes

Bonjour à tous. Je me présente, je suis élève de terminale et j'ai créé cette association dans le but de lutter contre la discrimination et le harcèlement. *Aucune réaction.* Que ce soit la discrimination d'ethnie, de genre, ou d'orientation sexuelle. *Aucune réaction.* Donc, dans cette campagne que j'ai créée, nous organisons des événements comme cette... *Un léger bruit de discussions se lance.* Cette... Campagne donc... Enfin non je disais, on organise notamment des Interven... *Le bruit s'intensifie.* Et... Donc... Par ce biais je... On... *Le bruit devient un brouhaha. Plus personne n'écoute EP.* Je... Je... *EP perd complètement ses moyens.* Et... *Il se tait. Le brouhaha perdure. EP a les bras ballants, la mine dévastée. Il essaie de reprendre le dessus.* Silence ! Arrêtez ! *Le brouhaha continue.* Écoutez moi ! *Le brouhaha continue.* Écoutez-moi ! *Le brouhaha continue. EP, hurle, de toute son âme.* ECOUTEZ MOI *! Le brouhaha s'interrompt brusquement. EP respire bruyamment, l'air complètement fou. Il fait tomber son menton sur son torse, les poings serrés, et commence à sangloter.*

ACTE IV

Scène 1

*Couloir 2. **GARÇON** range mollement ses affaires dans son casier. Entre **EP** d'un pas vigoureux et agressif. Il fonce sur **GARÇON**.*

ÉLÉMENT PERTURBATEUR
Bouillonnant de colère

T'étais où hier ?

GARÇON
Très gêné

Ah tu es là...

ÉLÉMENT PERTURBATEUR
Glacial

Réponds.

GARÇON
Ment

Comment ça ?

ÉLÉMENT PERTURBATEUR
Hurle

Ne te fous pas de moi ! Tu étais où hier quand je t'ai appelé ! Tu sais pour l'intervention ! De notre putain d'association ! Qui lutte contre la discrimination ! Tu sais de quoi j'ai eu l'air tout seul ? Tu sais à quel point on s'est moqués de moi ! Et ce que ça fait ! On a perdu toute crédibilité ! L'association est morte à cause de vous !

GARÇON
Calme

Et toi tu ne vois pas plus loin que le bout de ton nez. Au lieu de me demander pourquoi je ne suis pas venu tu me demandes où j'étais. Et bien je vais te le dire. J'étais terré dans ma chambre. À l'abri des regards et du jugement. Parce que depuis que j'ai rejoint l'association, c'est tous les jours que je me fais agresser. À cause de mon orientation sexuelle, et parce que je me bats pour m'en sortir. On vit dans un monde où toute herbe qui dépasse sera coupée. Dès qu'on essaie de s'élever on nous fauche. Et je n'ai pas assez de force. Je n'ai plus la force de repousser. Plus la force de me défendre. Ton objectif est louable et j'y croyais vraiment. Mais je ne peux pas faire ça. Je suis désolé...

GARÇON quitte la scène. **EP** reste immobile, *l'air brisé et coupable.*

Scène 2

*Couloir du lycée. **FILLE** est en train de ranger son casier. Elle est très habillée. Elle est perdue dans ses pensées et ne se rend pas compte qu'elle sort et range le même cahier en boucle. Entre **EP**. Il se dirige tranquillement vers **FILLE**.*

ÉLÉMENT PERTURBATEUR
Doux

Salut.

FILLE
Sursaute, paniquée.

Écoute je suis désolée ! Je... Je n'ai pas eu le courage... Je... Je m'en veux tellement...

***FILLE** commence à pleurer.*

ÉLÉMENT PERTURBATEUR
*Prend **FILLE** par les épaules*

Calme-toi. Je ne suis pas venu t'engueuler. Pourquoi tu n'étais pas là hier ? Dis-moi la vérité je ne vais pas m'en prendre à toi je te le promets.

FILLE
Reprend un peu ses esprits

Je n'ai... Simplement pas eu le courage... Il... Il est revenu m'agresser... Il m'a menacée, il m'a touchée... Il a dit qu'il ferait de moi tout ce qu'il veut... J'ai eu tellement peur. J'ai tellement peur...

ÉLÉMENT PERTURBATEUR
Grave

Je sais que tu as peur. Et c'est toute la base de mon projet. Il s'agit de nous donner les armes pour nous défendre. Pour ne plus avoir peur.

FILLE
Amère, mais sans méchanceté

Et quelles sont-elles ces armes ? Avec quoi on peut se battre ? C'est pas nos belles paroles et nos banderoles qui vont m'aider à le repousser quand il me plaque contre un casier...

ÉLÉMENT PERTURBATEUR

Non, bien entendu, mais la violence par la violence ne résout rien et...

FILLE
En colère

Mais moi je suis fatiguée ! Je veux être violente ! Je veux lui faire du mal ! Comme il me fait du mal !

ÉLÉMENT PERTURBATEUR

Ce n'est pas une solution.

FILLE

Alors c'est quoi la solution ! Nos beaux discours ne touchent personne ! Tout ce qu'on récolte c'est des moqueries et encore plus de harcèlement ! Ces gens veulent nous détruire... Ils ne nous laisseront pas nous battre... Nous devons lâcher prise... C'est la seule manière d'être un peu en paix... Enfin le temps qu'ils nous oublient...

ÉLÉMENT PERTURBATEUR
Peiné

Non... Non, ne dis pas ça... Nous ne devons pas céder ou ils auront gagné !

FILLE
En larmes

Et bien je les laisse gagner.

FILLE sort précipitamment de la scène en s'essuyant les yeux. EP, immobile, baisse le regard, les bras ballants.

Scène 3

Couloir 3. EP se tient devant la grille d'exposition. Il arrache violemment l'affiche saccagée et en repose une neuve. Entre PERSONNAGE 1.

PERSONNAGE 1
Pressé

Salut !

ÉLÉMENT PERTURBATEUR
Inerte, sans se retourner

Salut.

PERSONNAGE 1
Désolé

Écoute... Je suis vraiment désolé de t'avoir lâché pour l'autre jour... Seulement j'ai pas eu le courage de venir...

ÉLÉMENT PERTURBATEUR
Sourire amer

Ne t'en fais pas tu n'es pas le seul.

__EP__ se déplace lentement en direction de la sortie.

PERSONNAGE 1
Grave

Mais je ne veux pas que tu penses que j'ai bêtement renoncé. J'étais vraiment à fond dans ton projet mais il est arrivé quelque chose...

ÉLÉMENT PERTURBATEUR
S'arrête. Se retourne

Je t'écoute.

PERSONNAGE 3

Mon petit frère s'est fait tabasser. Il est à l'hôpital.

ÉLÉMENT PERTURBATEUR
Scandalisé

Quoi !

PERSONNAGE 3

Tu sais des grands frères de ce lycée ont des petits frères au collège et par du bouche à oreille, notre petite association n'est pas passée inaperçue et c'est mon frère qui a pris...

ÉLÉMENT PERTURBATEUR
Désespéré

Mais c'est pas possible... Je voulais qu'on soit reconnus oui mais pas comme ça !

PERSONNAGE 3

Je n'ai simplement pas pu le supporter. Mais je n'ai pas réussi à riposter. Parce que j'avais peur ? Oui. Mais pas pour moi. Pour lui. Se battre comme ça, se mettre sur le devant de la scène, c'est prendre le risque d'exposer ceux qu'on aime. Je l'ai fait, sans réfléchir, et maintenant à cause de moi mon frère est à l'hôpital.

ÉLÉMENT PERTURBATEUR
De plus en plus désespéré

Mais ce n'est pas ta faute ! Ce sont les agresseurs qui s'en sont pris à ton frère pas toi !

PERSONNAGE 3

Mais ils s'en sont pris à mon frère parce que j'ai attiré l'attention.

ÉLÉMENT PERTURBATEUR
Connaît déjà la réponse

Et qu'est ce que tu vas faire maintenant... ?

PERSONNAGE 3
Désolé

Je suis vraiment désolé... Mais je m'arrête là.

PERSONNAGE 3 pose une main compatissante sur l'épaule de EP avant de quitter la scène. EP pose son regard sur l'affiche de l'association, en proie au doute.

<u>Scène 4</u>

Salle de réunion. EP est tout seul, assis sur un bureau, la mine vide. Entre AMI.

AMI
Enjoué

Salut ! Y a pas grand monde aujourd'hui on dirait !

ÉLÉMENT PERTURBATEUR
Regard noir

AMI
S'assoit.

Ça va ! Ça va !

ÉLÉMENT PERTURBATEUR
Neutre

Qu'est ce que tu fais ici ?

AMI
Léger

Oh rien de particulier je...

ÉLÉMENT PERTURBATEUR
Froid

Alors va-t-en. S'il te plaît.

AMI
Soudain très grave

Je sais ce que tu ressens.

ÉLÉMENT PERTURBATEUR
Méprisant

Ben voyons.

AMI
Vexé mais reste calme

Il y a des choses que tu ne sais pas sur moi.

ÉLÉMENT PERTURBATEUR
*Se lève vivement, tourne le dos à **AMI** et marche vers l'avant scène à Jardin.*

Ah oui ? Comme quoi ? Le fait que depuis le début tu prends cette putain d'association pour un jeu ? Que t'es jamais foutu de réagir quand c'est le bon moment ?

AMI
Se sent agressé

Non mais pas du tout mais...

ÉLÉMENT PERTURBATEUR
Le coupe

Que tu te terres comme un rat pour fuir le danger au lieu de l'affronter ? Et bien si je le sais figure-toi. Tu n'es rien de moins qu'un minable. Tous les autres ont une raison valable pour abandonner le combat. Mais toi... Toi...

AMI
Soudain très en colère
Se lève, et se dirige vers l'avant-scène à Cour.

Et qu'est ce que tu sais sur moi ! Avec tes airs prétentieux tu prends tout le monde de haut mais tu ne te remets jamais en question ! Tu ne t'es jamais dit que cet aspect pourrait être une façade ? Un masque ? Mais non ! Monsieur est bien au-dessus de ça ! Monsieur sait tout et il est le seul à souffrir hein !

ÉLÉMENT PERTURBATEUR
Décontenancé
Se retourne en direction de AMI.

C'est pas ce que j'ai dit !

AMI
Agressif
Tourne le dos à EP.

Alors avant de juger laisse-moi t'expliquer quelque chose. *Silence.* Je suis transgenre.

ÉLÉMENT PERTURBATEUR

Tu es quoi ?

AMI
Très grave

Quand je suis venu au monde, on m'a apposé l'étiquette « fille » sur le front. Sauf que je ne le suis pas. Je ne l'ai jamais été. J'ai du vivre par rapport à cette étiquette toute ma vie. J'en ai souffert au quotidien. Je voyais mon existence comme une imposture, une erreur. Je ne comprenais même pas pourquoi je me sentais si mal. Et un jour j'ai compris. Je suis un garçon. Alors je me suis comporté comme un garçon. Et tu sais ce que ça m'a valu ? *Silence*. Je me suis fait violer. *Long silence, regarde le public.* J'avais 15 ans. J'étais au collège. C'était trois gars de ma classe. Ils m'ont embarqué, loin. Là où personne ne m'entendrait pleurer, hurler. Tu sais pourquoi ils ont fait ça ? Ils voulaient me prouver que je suis et resterais à jamais une fille. Mais je sais que ce n'est pas vrai. Alors je continue d'être un garçon. Mais je me cache. Personne n'est au courant à part toi ici. Je prends le parti de l'insouciance, je fais comme si tout allait toujours bien. Je prends cet air léger, idiot pour me protéger. *Regarde EP.* Dans la vie il ne faut pas faire de vagues. *Recule.* Si tu en fais, on te noie. Alors si on veut rester en sécurité il faut marcher la tête baissée. Toute sa vie. Dans l'espoir un jour de caresser du bout des doigts quelque bonheur éphémère. Tu as essayé de te battre, mais tu as perdu. Alors maintenant abandonne. Ça vaudra mieux pour tout le monde.

AMI se retourne très nettement et quitte solennellement la scène. EP reste debout, immobile, complètement tétanisé. Il marche très lentement vers une chaise sur laquelle il se laisse brutalement tomber.

ÉLÉMENT PERTURBATEUR
Après un long moment de silence

J'ai perdu.

Les lumières s'éteignent.

EPILOGUE

*Scène sombre. Pas de décor. La totalité des personnages est répartie sur scène. **EP** est en centre scène, face public, immobile. Il a la tête baissée. La musique se lance. Les personnages se déplacent dans l'espace théâtral. Ils n'ont aucun parcours défini. Ils se croisent sans faire attention les uns aux autres. Puis, les personnages se mettent à parler.*

PERSONNAGE 1

Moi, je suis un(e) passionné(e) de lecture !

PERSONNAGE 2

Moi, j'aime prendre mon petit déjeuner en regardant le Soleil se lever !

PERSONNAGE 3

Pour ma part, j'adore cuisiner !

PERSONNAGE 4

De mon côté j'aime danser en écoutant de la musique !

PERSONNAGE 5

Je rêve d'être comédien un jour !

PERSONNAGE 6

Ce qui me plaît c'est d'écouter le bruit des vagues !

La musique se coupe
EP *relève la tête et regarde le public avec un air déterminé*

ÉLÉMENT PERTURBATEUR
Enragé

Je suis un être humain !

Tous les personnages cessent leurs déplacements et se retournent vers lui..

ÉLÉMENT PERTURBATEUR

Est ce que ça ne suffit pas ?

*Tous les personnages s'alignent de chaque côté de **EP** et regardent le public.*

Les lumières s'éteignent. Le rideau tombe.

Écrit réalisé par BARRIERE Yohann

© 2019, Barriere, Yohann
Edition : Books on Demand,
12/14 rond-Point des Champs-Elysées, 75008 Paris
Impression : BoD - Books on Demand, Norderstedt, Allemagne
ISBN : 9782322108213
Dépôt légal : juillet 2019